YR AWDUR

Mae Gareth F. Williams yn byw yn Beddau, Pontypridd. Yn ogystal â sgriptio nifer o gyfresi drama ar gyfer y teledu, enillodd wobr BAFTA am ei ffilm *Siôn a Siân*. Erbyn hyn, mae wedi cyhoeddi dros 30 o lyfrau, ac wedi ennill gwobr Tir na n-Og bedair gwaith. Mae wrth ei fodd â straeon a ffilmiau arswyd.

I'm chwaer, Nan

ANJI

GARETH F. WILLIAMS

Argraffiad cyntaf: 2014
© Hawlfraint Gareth F. Williams a'r Lolfa Cyf., 2014

Cynllun y clawr: Rhys Aneurin

Rhif Llyfr Rhyngwladol: 978 1 84771 843 3

Comisiynwyd Cyfres Copa gyda chymorth ariannol
Adran AdAS Llywodraeth Cymru

Cyhoeddwyd ac argraffwyd yng Nghymru
ar bapur o goedwigoedd cynaladwy gan
Y Lolfa Cyf., Talybont, Ceredigion SY24 5HE
e-bost ylolfa@ylolfa.com
gwefan www.ylolfa.com
ffôn 01970 832 304
ffacs 01970 832 782

Rhagair

1961 oedd y flwyddyn, un o'r ychydig flynyddoedd sy'n darllen yr un fath os ydych yn ei throi ben-i-lawr.

Yn 1961, roedd roc-a-rôl yn chwe mlwydd oed ac roedd Elvis a The Everly Brothers yn rheoli'r siartiau pop; mewn clwb o'r enw The Cavern yn Lerpwl ymddangosodd grŵp o bedwar o hogiau ifainc, go nerfus, o'r enw The Beatles, am y tro cyntaf.

Yng Nghymru, pleidleisiodd trigolion siroedd Caernarfon, Môn, Caerfyrddin, Meirionnydd, Aberteifi, Dinbych, Trefaldwyn a Phenfro i aros yn siroedd 'sych' – hynny yw, i gau eu tafarnau ar y Sul.

Tottenham Hotspur enillodd gwpan yr FA, a Chymraes o Rosllannerchrugog ger Wrecsam, Rosemarie Frankland, enillodd gystadleuaeth Miss World – y ferch gyntaf o Brydain i wneud hynny.

Gwelwyd y rhaglen *Songs of Praise* ar y teledu am y tro cyntaf, ond doedd hi ddim mor boblogaidd â chyfres newydd sbon arall, *The Avengers*, tra oedd ffilmiau fel *Whistle Down the Wind, A Taste of Honey, Carry On Regardless* a *The Guns of Navarone* yn llenwi'r sinemâu – ac yn 1961, roeddech chi'n cael gwylio ffilmiau X pan oeddech yn 16.

Yn 1961, hefyd, roedden nhw'n dal i grogi pobol am lofruddiaeth.

*

Ac ar ddechrau'r haf, 1961, aeth dwy o genod deunaw oed o Borthmadog i aros am ddwy noson yn y Rhyl...

1

Ar ôl lladd ei mam, aeth Anji allan i'r ardd gefn am smôc.

Doedd hi ddim yn ysmygu fel arfer, dim ond pan oedd hi allan ac eisiau ymddangos yn soffistigedig, ond roedd sigaréts ei mam yno ar y bwrdd. Paced o Kensitas a hwnnw bron yn llawn.

A theimlai Anji fod angen un arni hi, dim ots be.

Edrychodd i lawr ar ei mam.

"Dach chi mo'u hangen nhw rŵan," meddai wrthi. Yna, ar ôl eiliad neu ddau, ychwanegodd, "Bitsh. Bitsh fawr dew, hyll…" a gwneud sŵn fel mochyn yn rhochian.

Yn yr ardd, cafodd drafferth tanio'r sigarét gan fod ei dwylo'n crynu'n wyllt. Llwyddodd o'r diwedd gyda'r drydedd fatsien.

Pesychodd dros y llond ceg cyntaf o fwg, a chododd brân o'r glaswellt, reit dan ei thrwyn, dan grawcian yn uchel. Gwaeddodd Anji'n uchel, wedi'i dychryn. Roedd y frân wedi saethu i fyny o'r glaswellt fel tasa hi wedi bod yn ymguddio yno'n slei bach, 'mond er mwyn dychryn pwy bynnag a ddeuai allan i'r ardd.

Ond roedd y glaswellt – a'r chwyn, a'r drain, a'r dail poethion – yn ddigon uchel i guddio eryr. Neu'r aderyn mawr hwnnw sy'n hedfan o gwmpas mynyddoedd yr Andes. Be oedd ei enw fo, hefyd? Roedd hi i fod i wybod, wedi'i weld o mewn ffilm yn y Coliseum yn ddiweddar. Aderyn anferth yn gleidio'n uchel, uchel, a'r awyr yn las fel dŵr pwll nofio a'r eira ar y mynyddoedd yn ddigon i'ch dallu chi...

Condor.

Dyna be oedd o – condor.

Tynnodd eto ar ei sigarét gan deimlo'i phen yn dechrau troi a phwys yn cychwyn yng ngwaelod ei stumog. Ac roedd hi'n glawio, sylweddolodd yn sydyn, wedi cau efo glaw mân, a hithau ond yn ei choban. Sbiodd yn hurt ar y sigarét fel na phetai hi'n siŵr iawn beth i'w wneud efo hi, cyn ei thaflu i mewn i'r glaswellt gwlyb. Dechreuodd droi am y tŷ a theimlo blaen ei throed yn taro'n erbyn rhywbeth. Pêl dennis. Eiddo Meical drws nesa, siŵr o fod. Doedd wybod faint o beli tebyg oedd wedi'u colli ganddo yng nghanol y jyngl hwn, a doedd Meical ddim wedi mentro dros y clawdd i chwilio am yr un ohonyn nhw ers i Brenda, mam Anji, ruo arno dro yn ôl.

Taflodd Anji'r bêl yn ôl dros y clawdd.

Yna trodd a dychwelyd i'r tŷ.

2

"O, Meryl – wyt ti'n gwneud peth call, d'wad?"

Dwi ddim yn siŵr iawn, meddyliodd Meryl, ond doedd hi ddim am gyfaddef hynny wrth ei mam.

"Mae Anji'n iawn, siŵr," meddai

"Ydi hi?"

"Be dach chi'n feddwl?"

"Wel... y fam 'na sgin hi, yn un peth."

"Hi ydi honno, yndê? Dydi Anji ddim 'run fath â hi. Ddim o gwbwl."

"Nac 'di, dwi ddim yn deud, ond... wel, mae 'na *rywbath*, yn does, Meryl? Rhywbath bach yn... ddiniwad? Na, nid dyna'r gair."

"Be *ydi'r* gair, felly?"

Roedd ei mam wedi ysgwyd ei phen, gan fethu â dweud beth yn union oedd yn bod ar Anji.

"Mae gen ti ddigonedd o ffrindia eraill," meddai hi. "Pam nad ei di efo rhai ohonyn nhw? 'Swn i'n meddwl dy fod di'n gweld digon ar Anji Evans, heb fod isio mynd i ffwrdd efo hi."

Roedd Meryl ac Anji'n gweithio yn siop y Co-op – neu'r 'Coparét', fel roedd pawb yn cyfeirio at y lle – ers iddyn nhw adael yr ysgol.

"'Mond i'r Rhyl am ddwy noson, Mam. Dach chi'n gwneud iddo fo swnio fel tasan ni'n mynd rownd y byd efo'n gilydd am ddau fis. Beth bynnag, dwi wedi addo mynd," atebodd Meryl. "Alla i mo'i siomi hi rŵan."

"Rwyt ti'n rhy feddal, Meryl fach," meddai ei mam. "Wastad yn gadael i bobol gymryd mantais ohonat ti."

Wn i, wn i, meddyliodd Meryl. Y gwir amdani oedd, daeth Meryl yn agos iawn droeon at fynd at Anji a dweud, "Sori, Anji, ond ma hyn-a-hyn wedi digwydd. Dwi ddim yn gallu mynd efo chdi i'r Rhyl wedi'r cwbwl, sori…"

Ond wnaeth hi mo hynny. Un wael am ddweud celwydd oedd hi; basa Anji'n sicr o weld trwyddi. Ac roedd Anji'n edrych ymlaen cymaint, gan gynhyrfu fwyfwy wrth i'r diwrnod nesáu.

"Jyst un peth..." meddai Anji wrth Meryl.

"Ia, be?"

"Paid â deud wrth bawb ein bod ni'n mynd, ocê, Mer? Dwi'm isio i Mam glywad. Jyst... jyst rhag ofn, Mer. Ocê? Wyt ti'n addo? Cris-croes?"

*

Alla i mo'i siomi hi rŵan.

Faint o weithiau oedd Meryl wedi meddwl hynny dros yr wythnosau diwethaf?

Dydi'r greadures erioed wedi cael mynd i nunlle. Ddim hyd yn oed i ffair Cricieth, hyd y gwn i, meddyliodd Meryl – ac efallai mai'r unig dro iddi fynd i rywle erioed oedd pan aethon ni â hi efo ni i lan y môr pan oedd Anji a minna'n ddim o beth.

Ia, debyg iawn, roedd Meryl yn cofio rŵan, roedd mam Anji wedi gwneud ffýs am hynny hefyd pan aeth Meryl a'i mam yno i ofyn fasa Anji'n hoffi mynd efo nhw, fel cwmpeini i Meryl.

Doedd Brenda Evans ddim wedi leicio'r syniad o gwbwl, roedd hynny i'w weld yn blaen ar ei hwyneb, ond doedd hi ddim yn gallu dweud "na" yn blwmp ac yn blaen, ddim efo mam Meryl yn sefyll yno ar garreg ei drws hi.

Yn lle hynny mi driodd hi feddwl am bob math o esgusodion.

"Sgin hi ddim *bathing costume*, cofiwch, felly..."

"O, hidia befo am hynny, Brenda, ma gin Meryl un arall geith hi'i fenthyg."

"Dydi hi ddim yn gallu nofio, a dwi ddim yn leicio iddi hi fynd i mewn i'r môr..."

"Paid â phoeni, mi fydd Arwyn a finna efo'r ddwy ohonyn nhw drwy'r amser."

Roedd Anji'n sefyll hanner o'r golwg y tu ôl i gorff ei mam, gan edrych braidd fel rhywun yn sbecian heibio i ochr tas wair fawr.

Gwyrodd mam Meryl tuag ati. "Os wyt ti *isio* dŵad efo ni i lan y môr, Anji, yndê? Wyt ti?"

"Oes, plis."

Sibrwd bychan, tawel, swil. Ofnus, hefyd,

sylweddolodd Meryl wrth feddwl am y peth wedyn.

Ymsythodd mam Meryl. "Iawn felly, Brenda?"

Doedd ganddi ddim dewis, dim ond nodio'n surbwch a gadael i Anji wasgu heibio iddi ac allan trwy'r drws at Meryl a'i mam.

"Mi fyddan ni adra erbyn…"

Ond roedd Brenda Evans wedi cau'r drws yn eu hwynebau cyn i fam Meryl fedru gorffen siarad.

"Wel!" cofiai Meryl ei mam yn dweud, ac roedd Anji druan wedi cochi at ei chlustiau a sbio i lawr ar flaenau'i thraed, fel y gwnâi bob tro y byddai rhywbeth yn ei hypsetio. *"Charming*, yndê?"

Ar ôl iddyn nhw gyrraedd y traeth a newid i'w dillad nofio, sylwodd Meryl ar ei mam yn syllu ar gorff bach tenau ac eiddil Anji. Doedd Meryl ei hun ddim wedi sbio rhyw lawer arni nes iddi weld ei mam yn rhythu; dyna pryd y gwelodd hithau fod breichiau a choesau Anji'n gleisiau i gyd.

"Syrthio i lawr grisia," oedd ateb Anji

pan ofynnodd Meryl iddi pam fod cymaint o gleisiau ganddi, ac – fel y gwna plant – derbyniodd Meryl hynny heb feddwl ddwywaith: doedd hi wedi gwneud hynny droeon ei hun?

Ond yna clywodd hi ei mam, ar ôl iddyn nhw fynd adra, yn dweud yn ddistaw bach wrth ei thad, "Dim rhyfadd fod ar honna ddim isio i ni weld yr hogan fach 'na mewn gwisg nofio."

A hwnnw oedd yr unig dro, meddyliodd Meryl, i Anji gael mynd efo nhw i lan y môr. Bob tro roedd Meryl yn gofyn iddi hi wedyn, roedd hi'n ysgwyd ei phen a sbio i ffwrdd a dweud, "Na, dim diolch."

Dwi'm isio i Mam glywed. Jyst… jyst rhag ofn.

3

Gorweddai Brenda Evans ar lawr y gegin, a'i phen bron iawn yn cyffwrdd â chornel waelod y popty.

A'r gwaed yn llifo'n araf o'i chlust fel sneipan fawr dew, a'i llygaid yn llygaid gwydr, yn syllu ar ddim byd. A rhyw liw glas rhyfedd ar ei gwefusau hi, fel tasa hi wedi bod yn cnoi beiro a bod yr inc wedi gollwng.

"Bitsh," meddai Anji eto, gyda gigl fach nerfus y tro hwn fel tasa hi'n hanner ofni mai dim ond cymryd arni yr oedd ei mam wedi'r cwbwl.

Ond na. Gorweddai yno'n llonydd, llonydd, mor llonydd, yn ei gŵn nos fawr binc a'i choban ddu. Y goban y mynnai ei mam ei galw yn *negligée*.

Roedd hi'n meddwl y byd o'i *negligée*, wedi cael i'w phen ei bod hi'n edrych fel Diana Dors ynddi. Sylwodd Anji rŵan fod gwaelod honno wedi codi i fyny dros glun anferth ei mam – clun a edrychai fel darn mawr o does gwyn a'r gwythiennau i'w gweld dan y croen fel afonydd ar fap.

"Diana Dors, o ddiawl…" meddai Anji. Ond roedd ei llygaid yn llosgi, fel tasa hi ar fin crio.

Na! Doedd hi ddim am adael i hynny ddigwydd. Be tasa'r bobol drws nesa'n ei chlywed hi drwy'r pared? Ac roedden nhw'n siŵr o'i chlywed, gan mai brefu crio a wnâi Anji pan fyddai hi'n crio go iawn.

"Rwyt ti'n crio fel buwch," arferai ei mam ddweud wrthi. Arferai hefyd wthio'i hwyneb reit yn wyneb Anji nes bod trwynau'r ddwy bron iawn yn cyffwrdd, a brefu fel buwch, "Mwww! Mwww! Mwww!" nes i Anji roi'r gorau iddi.

Be tasa'i mam yn gwneud hynny rŵan? Yn codi ac yn brefu a rhythu ar Anji efo'r llygaid gwydr, llonydd?

Ciliodd y dagrau. Roedd yr amlen frown, a phres Anji ynddi, rhwng bysedd llaw dde ei mam. Aeth Anji i'w chwrcwd a chan ddefnyddio'i bys a'i bawd, ceisiodd blwcio'r amlen yn rhydd.

Ond gwrthododd yr amlen ddod. Roedd Brenda'n cydio'n rhy dynn ynddi, fel petai ei bysedd wedi cloi amdani. Ac roedd ogla anghynnes yn codi o'r llawr, yn gryfach o lawer nag arfer, a sylweddolodd Anji fod ei mam wedi'i baeddu'i hun.

Trodd stumog Anji, a'r chwd yn bygwth rhuthro i fyny trwyddi a ffrwydro o'i cheg. Llyncodd, drosodd a throsodd, nes iddi deimlo'i stumog yn setlo'n ei ôl am ryw hyd.

Plwc arall... a chododd llaw ei mam oddi ar y llawr ac am eiliad bu bron iawn i Anji sgrechian oherwydd meddyliodd iddi weld gŵen slei yn gwibio dros wyneb Brenda, fel petai hi'n tynnu ar ei merch drwy wrthod gollwng ei gafael ar yr amlen.

Ond na, dychmygu roedd hi. Doedd ar Anji ddim eisiau ei chyffwrdd ond doedd ganddi ddim dewis. Gan frathu ei gwefus isaf, cydiodd yng ngarddwrn ei mam gyda'i llaw chwith, a thynnu'r amlen yn rhydd gyda'i llaw dde. Gollyngodd ei gafael ar y garddwrn a syrthiodd llaw Brenda'n llipa'n ôl ar y llawr, y bysedd yn dew fel selsig ac yn frown a melyn ar ôl yr holl ysmygu.

Ymsythodd Anji a chamu'n ôl oddi wrth gorff ei mam.

"Eich bai chi ydi o," meddai wrthi. "Fy mhres *i* ydi hwn. Ddylach chi ddim fod wedi'i ddwyn o. Bitsh."

4

Roedd hi wedi cael bath neithiwr, a golchi'i gwallt. Rŵan, safai wrth y sinc yn ymolchi drosti gyda hynny o ddŵr cynnes oedd ar ôl. Mi ga i ganu rŵan, meddyliodd, does 'na neb yma i weiddi arna i i gau 'ngheg.

Felly canodd Anji:

"Sailor, stop your roaming.

Sailor, leave the sea.

Sailor, when the tide turns,

Come home safe to me…"

Doedd hi ddim yn gwybod y geiriau i'r penillion, felly canodd y gytgan drosodd a throsodd, wrth rwbio'r cadach sebonllyd dros ei bronnau a'i bol, dan ei cheseiliau a rhwng ei choesau. Credai fod ganddi lais canu swynol, dim ots be roedd ei mam yn arfer ei ddweud. Ddim cystal â Petula Clark, efallai, a oedd ar frig y siartiau efo'r gân ym mis Chwefror, ond taswn i'n gallu canu fel Petula Clark, meddyliodd Anji, mi faswn i

ar *Sunday Night at the London Palladium*
bob nos Sul, efo Cliff Richard a'r Shadows.

"Sailor, stop your roaming…"

Tawelodd yn sydyn.

Gallai daeru ei bod hi wedi clywed sŵn
ei mam yn pesychu wrth waelod y grisiau.
Trodd Anji'n araf a rhythu i gyfeiriad y drws
agored. Oedd ei mam yn cropian yn slei
bach i fyny'r grisiau?

"Mam…?"

Teimlai'r tŷ fel petai o'n dal ei wynt a
swniai llais Anji'n fain ac yn wantan.

Llais hogan fach.

Hogan fach ofnus,
yn disgwyl clywed y
Mochyn Mawr yn
rhochian unrhyw
funud…

Cerddodd yn
araf, araf at ddrws
yr ystafell ymolchi.
Dau gam arall, a
byddai'n gallu gweld
i lawr dros ganllaw'r
grisiau.

Ond dwi ddim isio, dwi'm isio sbio rhag ofn fod Mam yno, ar ei phedwar, efo'i gwefus uchaf wedi'i thynnu'n ôl ac i fyny dros ei dannedd fel y byddai hi'n arfer gwneud pan oedd hi'n dynwared sŵn rhochian y Mochyn Mawr...

Gwrandawodd nes bod ei chlustiau'n brifo.

Dim smic.

O'r diwedd, camodd at y grisiau ac edrych dros y canllaw, yn barod i floeddio dros y tŷ.

Neb.

Wrth gwrs fod neb yno, meddai wrthi'i hun gan droi'n ôl am yr ystafell ymolchi. Mae dy fam yn dal i orwedd ar lawr y gegin, yn llonydd, llonydd, ac yno y bydd hi nes i rywun ddod o hyd iddi...

... ac wedyn mi fyddan nhw'n dŵad i chwilio amdanat ti ac yn dy arestio di ac wedyn mi fyddan nhw'n...

Trodd Anji'n sydyn a thaflu i fyny i mewn i'r toiled. Drosodd a throsodd nes bod ei stumog yn brifo a'i llygaid a'r tu mewn i'w gwddf yn llosgi.

Oherwydd roedd hi newydd gofio am Ruth Ellis.

5

Yn ei hystafell wely, eisteddodd Anji'n noeth ar erchwyn ei gwely a'i breichiau wedi'u lapio'n dynn amdani'i hun.

Roedd hi'n crynu fel deilen. Oedd *raid* iddi hi gofio rŵan am Ruth Ellis?

Paid â meddwl amdani.

Neithiwr, ar ôl aros nes iddi glywed sŵn chwyrnu ei mam yn dod drwy'r pared, roedd Anji wedi pacio'i chês yn ofalus, gan blygu pob dilledyn yn dwt. Rŵan, roedden nhw i gyd dros y gwely ac ar draws ei gilydd.

Wneith y trên ddim aros amdanat ti, Anji fach.

Cododd a gwisgo amdani'n frysiog gan gymryd dillad glân o'i drôr, rhai roedd hi wedi eu gosod yn barod ar ben y lleill. Yna, dechreuodd ailbacio'i chês.

"Sailor, stop your roaming..." canodd drosodd a throsodd eto, er mwyn osgoi meddwl am Ruth Ellis.

Dwi ddim yn cofio'n union be ddigwyddodd yn y gegin, meddyliodd. Dwi'n cofio bob dim ddigwyddodd *cyn* hynny...

*

... fel roedd hi wedi mynd i'w gwely neithiwr ar ôl cynllunio'n ofalus ar gyfer y bore: deffro i ganiad ei larwm am chwarter i saith (ond fwy na thebyg byddai wedi hen ddeffro ymhell cyn hynny, roedd hi'n edrych ymlaen cymaint); codi, paned, darn o dôst i frecwast, ymolchi a gwisgo amdani, a dŵad i lawr y grisiau ar flaenau'i thraed efo'i chês.

Yna, agor y drws ffrynt yn ddistaw bach,

gweiddi "Ta-ta, dwi'n-mynd-wela-i-chi-ddydd-Sul!" a brysio allan gan gau'r drws ar ei hôl cyn i'w mam fedru bustachu o'i chadair.

Ond nid y cyffro a'i deffrodd heddiw, ond sŵn ei mam yn pesychu. Cododd Anji a mynd i'r tŷ bach, a phan aeth yn ôl i'w hystafell, gwelodd fod ei chês wedi cael ei agor a bod llawes un o'i blowsiau yn ymwthio ohono, fel tafod powld o geg agored.

"O, na..." meddai'n gryg. "Plis, na..."

Sgrialodd drwy'i chês gan chwilio'n wyllt am yr amlen frown. Tynnodd bopeth allan a throi'r cês ben i lawr, ond gwyddai drwy'r amser fod yr amlen wedi mynd, a lle'r oedd hi bellach.

"Bitsh... blydi bitsh!"

Caeodd ei llygaid yn dynn. Roedd ei chalon yn carlamu a'i chorff yn hen chwys oer annifyr drosto i gyd.

Yna, brysiodd i lawr y grisiau.

Yn y gegin, roedd ei mam wedi agor yr amlen ac wrthi'n cyfri'r arian.

"Fia bia hwnna!"

Edrychodd Brenda i fyny gyda golwg slei ar ei hwyneb.

"Dwi'm yn meddwl."

Ceisiodd Anji gipio'r amlen oddi arni, ond – yn wyrthiol i rywun a oedd mor fawr – neidiodd Brenda'n ôl oddi wrthi'n ystwyth a chyflym.

"Fi bia'r pres 'na," meddai Anji. Ceisiodd gadw'r cryndod allan o'i llais wrth siarad. "Dwi wedi gweithio'n galed amdano fo. Dach chi'n cymryd hannar 'y nghyflog i fel mae hi. Bob wsnos. Dowch â fo yma!"

"Diawl o beryg." Trodd ei mam yr amlen drosodd a dangos ei hwyneb i Anji. "Enw pwy sy ar hon?"

Roedd yr amlen yn hen. Amlen swyddogol ar un adeg, un o'r rhai brown sinistr rheiny sy'n llithro trwy'r drws o bryd i'w gilydd. Roedd hon oddi wrth bobol y Lle Dôl ac arni roedd enw a chyfeiriad Brenda i'w gweld yn glir, er bod Anji wedi tynnu X mawr trwyddyn nhw.

"Fi sy pia be bynnag sy tu mewn iddi felly," meddai Brenda.

"Naci!"

Roedd llygaid Anji'n llawn dagrau erbyn hyn. Er ei bod hi'n ddeunaw oed, gallai ei mam wneud iddi ymddwyn – a theimlo – fel petai hi ddeng mlynedd yn iau.

Mae'r Mochyn Mawr ar ei ffordd...

Trodd edrychiad Brenda'n filain, ei llygaid yn fach ac yn gul fel llygaid hwch gas.

"Y bitsh fach slei," meddai. "Rwyt ti'n meddwl 'mod i'n hollol ddwl, yn dwyt? Dwi'n gwbod yn iawn, ers dyddia, dy fod di a'r hogan Meryl yna'n bwriadu mynd i'r Rhyl."

Sut? Sut oedd hi'n gwybod? Doedd Brenda byth bron yn mynd allan o'r tŷ, a hithau'n gorfod aros am bum munud i gael ei gwynt ati dim ond ar ôl cerdded i geg y stryd.

Ond roedd *rhywun* wedi agor ei geg neu ei cheg.

Gwelodd Brenda hi'n meddwl a tharo ochr ei thrwyn â'i bys. "Hidia di befo sut dwi'n gwbod. Nid y chdi ydi'r unig un slei yn y tŷ 'ma, 'mond i chdi ga'l dallt."

Daliodd yr amlen yn yr awyr a'i hysgwyd, fel tasa hi'n tynnu ar Anji.

"Dwi 'di bod yn edrych ymlaen ers wsnosa," meddai Anji. "Ers misoedd, ac wedi bod yn safio. 'Y mhres *i* ydi hwnna, bob dima ohono fo. Dwi wedi talu i chi am fy lle… a mwy."

"Wel, mae gen i newyddion drwg i chdi," meddai ei mam. "Mae'r rhent wedi codi." Gwnaeth bantomeim mawr o'i tharo'i hun ar ochr ei phen. "Wps! O'n i wedi anghofio sôn wrthat ti? Wel, mae o. Punt yn ychwanegol bob wsnos ers… o, ers pryd, d'wad? Tua deufis erbyn hyn. Wyth wsnos, os dwi'n cofio'n iawn. A faint sy gynnon yma, sgwn i?" Craffodd i mewn i'r amlen. "Wel, wel! Dyna i ni gyfleus, yndê? Wyth punt."

Edrychodd ar Anji â gwên fach sbeitlyd ar ei hwyneb, a'i llygaid yn crwydro i fyny ac i lawr corff ei merch.

"I be ma rhywbath fath â chdi isio mynd i'r Rhyl, beth bynnag? Na, paid â deud wrtha i – i chwilio am ddynion? *Chdi*? Wel, waeth i chdi heb. Does 'na'r un dyn yn ei iawn bwyll am sbio ddwy waith ar ryw styllan dena, hyll fath â chdi, felly angh… angho… anghofia… fo…"

Dechreuodd Brenda besychu eto, ond er bod ei hwyneb yn troi'n goch a bod darnau o boer yn sboncio allan o'i cheg, roedd hi'n dal i wenu'n sbeitlyd ar Anji ac i chwifio'r amlen yn bryfoclyd yn yr awyr. Yr un wên ag a wisgai pan arferai lusgo'r Anji fechan at y twll dan grisiau, agor y drws a'i gwthio i mewn – ei thaflu i mewn, weithiau – a chau'r drws arni hi'n dynn cyn sibrwd trwyddo: "Mae'r Mochyn Mawr ar ei ffordd."

*

… ac yna, rywsut, roedd ei mam yn gorwedd ar lawr y gegin efo'r gwaed tywyll hwnnw'n llifo allan o'i chlust a'i gwefusau'n las a'i llygaid yn syllu'n ddall i nunlle.

Ond be ddigwyddodd?

"Dwi ddim yn cofio, yn nac 'dw!" gwaeddodd dros y tŷ. "Dwi ddim yn gallu *cofio* be ddigwyddodd!"

Roedd fel petai rhyw gwmwl wedi dod o rywle a chau amdani. Fel petai Anji wedi cysgu am funud neu ddau, cysgu ar ei thraed heb orwedd i lawr na chau'i llygaid na dim byd arall y bydd pobol *normal* yn ei wneud wrth fynd i gysgu.

Ond dwyt ti ddim yn berson 'normal', Anji, wyt ti? Dydi pobol 'normal' ddim yn lladd eu mamau.

Fydd neb yn fy nghoelio i, meddyliodd. Mi fyddan nhw'n fy nghrogi i, fel y gwnaethon nhw i Ruth Ellis...

... a rŵan fedrai hi ddim aros i gael mynd allan o'r tŷ a gwthiodd weddill ei dillad i mewn i'w chês rywsut-rywsut rhag ofn i waliau'r tŷ gau amdani a'i chadw yma nes iddyn 'Nhw' ei llusgo hi i ffwrdd i gael ei chrogi.

Cyn iddi ddechrau clywed sŵn ei mam yn pesychu a'i thraed trymion yn dŵad i fyny'r grisiau, fesul gris, fesul pesychiad, fesul gris, fesul pesychiad.

A'i llais yn sibrwd, "Mae'r Mochyn Mawr ar ei ffordd."

Y peth olaf i fynd i mewn i'r cês oedd yr amlen frown. Brysiodd Anji i lawr y grisiau. Cipiodd ei chôt a'i thynnu amdani heb edrych un waith i gyfeiriad y gegin.

Wrth iddi gau'r drws ffrynt ar ei hôl, arhosodd am eiliad ac edrych i fyny ar yr awyr. Teimlai'r glaw mân yn fendigedig ar ei hwyneb, er ei bod hi a Meryl wedi gobeithio – wedi gweddïo – am ddiwrnod braf. Ond gwelodd fod yr awyr yn wyn golau, fel tasa'r haul yn ymguddio'r tu ôl i'r cymylau tenau.

Yna neidiodd mewn braw.

Gallai daeru fod y drws y tu ôl iddi wedi ysgwyd o'i ben i'w waelod wrth i rywbeth trwm daro'n galed yn ei erbyn o'r tu mewn i'r tŷ.

Fel tasa'r Mochyn Mawr wedi ei dwlcio!

Ond na, roedd hynny'n amhosib, yn doedd?

Yn enwedig *rŵan*.

Camodd Anji wysg ei chefn oddi wrth y drws, ei llygaid wedi'u hoelio arno.

Na. Wedi dychmygu yr oedd hi, dyna'r cyfan.

Yna clywodd sŵn rhochian yn dod o'r ochr arall i'r drws.

Trodd Anji gan gefnu ar y tŷ a brysio, nerth ei thraed, am yr orsaf.

EGWYL 1

Y Mochyn Mawr

Munudau hirion o dywyllwch ar ôl i ddrws y twll dan grisiau gau arni.

Munudau a deimlai fel oriau i'r Anji fechan.

Ac yna llais ei mam yn dod trwy'r drws, gan wneud i Anji neidio bob un tro, er mai sibrwd y geiriau a wnâi Brenda Evans.

"Mae'r Mochyn Mawr ar ei ffordd."

"Naaaa, Mam! PLIS!!"

"Mae'n rhy hwyr, mae o ar ei ffordd yma, wedi clywed fod yna hogan ddrwg iawn yn byw yn y tŷ yma."

"Plis, Mam! Wna i ddim bod yn hogan ddrwg eto… dwi'n gaddo!"

Doedd dim clicied ar ochr Anji. Iddi hi, felly, roedd drws y twll dan grisiau fel tasa fo wedi cael ei gloi.

"Mam?"

Dim smic.

"MAM!"

Dim siw na miw.

Gwasgai Anji'i hun yn ôl yn erbyn y bwrdd smwddio, y bwcedi, y brws llawr a'r bocsys a oedd yn llawn o hen ddillad a hen gylchgronau Film Parade *ei mam. Rhoddai'r byd petai'r tywyllwch llychlyd, sych yn cau amdani a'i chuddio'n gyfan gwbwl.*

Ond doedd y tywyllwch ddim yn ddigon cryf i fedru gwneud hynny. Deuai llinyn tenau o oleuni i mewn dan waelod y drws, ac roedd llygaid mawrion Anji wedi'u hoelio ar hwnnw.

Yn disgwyl gweld cysgod yn cyrraedd yr ochr arall a thywyllu'r goleuni cul.

Cysgod y Mochyn Mawr.

Y Mochyn Mawr, a oedd yn gwledda ar genod bach drwg.

Ac roedd o'n dŵad i chwilio amdani hi, oherwydd – oedd, roedd ei mam wedi dweud y gwir! – gallai Anji ei glywed o rŵan, yn snwffian yn nes ac yn nes, yn amlwg yn gallu synhwyro bod hogan fach ddrwg IAWN yn crynu fel blymonj bach pinc yr ochr arall i ddrws y cwpwrdd dan grisiau, ac yn gwneud ei gorau glas i beidio â phi-pi, oherwydd basa hi wedyn yn hogan fach ddrwg IAWN IAWN a basa'r Mochyn Mawr yn siŵr o'i bwyta hi wedyn, bob tamaid.

Onid oedd ei mam wedi dweud hynny wrthi droeon?

Yna, gwelai Anji'r cysgod yn cuddio'r goleuni wrth waelod y drws, a dechreuai'r drws grynu wrth i'r Mochyn Mawr ei bwnio efo'i drwyn a'i grafu efo'r ddau ddant miniog, mawr oedd ganddo bob ochr i'w geg.

Ond y peth gwaethaf un oedd y RHOCHIAN. O ia, y rhochian ofnadwy a wnâi'r Mochyn Mawr wrth bwnio'r drws efo'i drwyn a'i grafu efo'i ddannedd. Fel tasa fo wedi cynhyrfu'n lân ac yn mynd yn fwy a mwy blin efo'r darn simsan, tenau o bren a oedd yn ei rwystro rhag mynd i mewn at yr hogan fach ddrwg IAWN a'i llusgo hi allan a mynd â hi i ffwrdd i rywle ofnadwy, yn gwingo'n sownd ar ei ddau ddant fel sliwan fach denau ar ddau fachyn pysgota.

Yna, byddai'r sŵn yn peidio, fel tasa fo wedi dŵad o radio a oedd newydd gael ei diffodd. A byddai'r cysgod yn diflannu.

Ond oedd y Mochyn Mawr wedi mynd?

Weithiau, roedd yr adegau yma'n waeth na'r cyfnodau o ddisgwyl iddo fo gyrraedd yn y lle cyntaf.

Oherwydd, weithiau, byddai'r Mochyn yn dod yn ei ôl! Weithiau, byddai un munud tawel a llonydd yn dilyn y llall a'r un smic i'w glywed yn dod o nunlle...

... ac yna, heb rybudd o gwbwl, byddai'r drws yn cael ei bwnio a'i grafu'n ffyrnig, a'r Mochyn yn rhochian ac yn gwichian nerth ei ben cyn iddo fynd go iawn.

Am y tro.

6

Mae'n rhaid i mi ofyn iddi, meddyliodd Meryl. Fedra i ddim byw yn fy nghroen nes dwi wedi cael gwybod, un ffordd neu'r llall, heb sôn am ymlacio a mwynhau fy hun.

Felly, pan ddaeth Anji yn ei hôl o'r ystafell ymolchi ym mhen pella'r landin, meddai Meryl:

"Anji – mae'n rhaid i mi ofyn. Wyt ti'n disgwl?"

Roedd Anji wrthi'n cau'r sip ar ei bag ymolchi a rhythodd ar Meryl fel na phetai hi wedi'i dallt.

"Be?"

Teimlai Meryl yn ddigon rhyfedd wrth ei holi; wedi'r cwbwl, un o'i hofnau mwyaf hi'i hun oedd cael ei chwestiynu fel hyn gan ei mam.

"Wyt ti'n disgwl babi?" gofynnodd.

Roedd Anji'n gegrwth.

"Argol fawr, nac 'dw! Pam – wyt *ti*?"

Tro Meryl oedd hi i rythu rŵan. "Nac 'dw! Ond *dwi* ddim wedi bod yn taflu i fyny fwy neu lai ers i ni adael Port."

Edrychai Anji'n euog.

"Dw inna ddim chwaith…"

"O – *Anji*! Paid â'u deud nhw. Roeddat ti i fyny ac i lawr fel pipi-down ar y trên, a bob tro roeddat ti'n dŵad yn ôl i dy sedd, roeddat ti'n wyn fel y galchen ac roedd ogla chwydu ar dy wynt di."

"Ia, wel – sori! Doedd gin i ddim da-da mint, nac oedd? Ond mae o 'di mynd rŵan, dwi newydd fod yn sgwrio fy nannedd."

Caeodd Meryl ei llygaid am eiliad.

"Ddim *dyna* be…" Ochneidiodd. "Be sy, 'ta?"

Edrychodd Anji i ffwrdd.

"Dwi'm yn gwbod. Ella 'mod i wedi ecseitio gormod." Croesodd at ffenest gul yr ystafell fechan. "Yli, ma'r haul allan! Ty'd, Mer, 'dan ni'n wastio amsar yn fan 'ma."

Oedd Anji'n dweud y gwir? Hwyrach ei bod hi, meddyliodd Meryl wrth iddi hithau ddefnyddio'r ystafell ymolchi; roedd hi'n sicr wedi bod yn edrych ymlaen yn ofnadwy at heddiw.

Ond mynnai rhyw lais bach annifyr sibrwd wrth Meryl fod mwy i'r peth na gorgyffro. Yn ogystal â'r taflu i fyny, roedd ymddygiad Anji ar y trên yn od. Un funud roedd hi'n parablu bymtheg-y-dwsin, ond ymhen ychydig deuai cysgod dros ei hwyneb fel tasa hi newydd gofio am rywbeth cas, a dyna pryd y byddai hi'n codi a mynd i'r tŷ bach. Digwyddodd hynny deirgwaith i gyd, ar ôl iddyn nhw newid trên yn stesion Afon Wen.

Oedd hi'n disgwyl? Na, dwi ddim yn meddwl, penderfynodd Meryl. Roedd ymateb Anji yn rhy onest; doedd Anji ddim yn ddigon o actores i fedru ffugio ymateb fel yna. A phetai hi wedi 'ei neud o' efo rhyw hogyn, basa Meryl yn siŵr o fod wedi cael clywed cyn hyn. Hyd y gwyddai Meryl, doedd Anji erioed wedi bod allan efo neb – ddim hyd yn oed i 'sbŵnio' yn rhes gefn y Coliseum.

Ond roedd rhywbeth ar ei meddwl, roedd hynny'n sicr. Pan ddeuai'r cysgod hwnnw dros ei hwyneb, roedd Anji'n edrych fel tasa hi'n gwylio'i breuddwyd casaf, gwaethaf un yn dod yn wir o flaen ei llygaid.

A dwi'n siŵr, meddyliodd Meryl wrth ddychwelyd ar hyd y landin i'w hystafell hi ac Anji, mai'r fam uffernol honno sydd ganddi sydd tu ôl i'r holl beth.

7

"Off out then, girls?"

"Yes…"

"No boys back here, mind."

"No."

Ar ôl mynd yn ddigon pell o ddrws y llety, trodd y genod at ei gilydd gan biffian chwerthin.

"Faint o weithia mae hi wedi deud hynna?" meddai Anji.

"Does wbod. Gwranda – sori am y lle 'ma."

Rhieni Meryl oedd wedi dod o hyd i'r llety gwely-a-brecwast yn y *Caernarvon and Denbigh Herald*, ac roedd ei thad wedi hoffi'r enw – 'Pancho's Villa'. Ac roedd ganddyn nhw un ystafell i'r ddwy ohonyn nhw, meddai rhyw lais ar y ffôn, yn ddigon rhesymol, reit ar dop y tŷ.

"Mi ddylach chi gael golygfa fendigedig o'ch ffenest," meddai ei mam, "a chitha mor uchel."

Roedd hynny'n ddigon gwir – ond anghofiodd y llais-ar-y-ffôn sôn fod yr ystafell yng nghefn y tŷ, felly cafodd Anji a Meryl olygfa fendigedig o strydoedd cefn y Rhyl. Roedd yr ystafell yn un fechan a chlòs, ac roedd yn wyrth fod 'Pancho' wedi llwyddo i gael dau wely sengl, un cwpwrdd dillad ac un gist ddroriau i mewn ynddi.

"O, mae hi'n iawn, yn tsiampion," oedd barn Anji, ond yn nhyb Meryl roedd y ddau wely mor agos at ei gilydd, byddai'n teimlo heno fel petai hi ac Anji'n rhannu gwely dwbwl.

"Rydan ni eto i'w weld o, yn tydan?" meddai Anji wrth i'r ddwy gerdded am y promenâd.

"Pwy?"

"Pancho."

Edrychodd Meryl arni. "Ymmm... dwi'n ama'n gry ydi Pancho'n bodoli, Anj."

"Be – gwraig weddw ydi 'No Boys', ti'n meddwl?"

"Dwn i'm am hynny, jest... ti'm yn dallt y jôc, yn nac wyt?"

"Pa jôc?" meddai Anji.

Wel, meddyliodd Meryl, alla i ddim deud dim byd, do'n i ddim callach nes i Dad egluro pam roedd yr enw wedi gwneud iddo fo chwerthin fel hiena.

"Rhyw fandit Mecsican oedd Pancho Villa. Wnest ti'm sylwi ar betha Mecsican yn y pasej? Castanéts, a maracas, ac un o'r hetia anferth rheiny maen nhw i gyd yn eu gwisgo yno."

"Naddo."

"Ro'n i wedi hannar disgwl gweld rhyw fôi efo hymdingar o fwstásh hir, du."

"Ella mai *hi* ydi Pancho," meddai Anji.

"Pwy – No Boys?"

"Mae gin *hi* fwstásh, wnest ti sylwi?"

Chwarddodd Meryl. "Naddo, wnes i ddim! Wir yr?"

"Rhyw natur un, beth bynnag. Hei, falla y dylan ni gynnig iddi ei bod hi'n newid enw'r tŷ, a'i alw fo'n y Tash Mahal!"

Rhuodd y ddwy.

"Reit," meddai Meryl, "be wyt ti isio'i neud, Anj?"

Roedd Anji'n sefyll yn wynebu'r môr, ond

roedd ei llygaid ynghau a'i hwyneb i fyny at yr haul. Roedd gwên fechan ar ei hwyneb wrth i wynt y môr lenwi'i ffroenau a'i hysgyfaint a chwythu'i gwallt brown i bob cyfeiriad.

"Bob dim, Mer," atebodd heb agor ei llygaid. "Dwi isio gwneud bob dim – a dwi isio'i neud o i gyd ar unwaith."

A meddyliodd Meryl wrth wylio Anji'n llyncu awyr iach y môr: Diolch i Dduw. Falla bydd heddiw a fory'n o lew wedi'r cwbwl.

8

Pharodd yr heulwen ddim yn hir iawn, fodd bynnag. Ymhen rhyw hanner awr, daeth y cymylau'n eu holau a throdd y gwynt yn fain, ac ar y pryd roedd y genod hanner ffordd ar hyd y traeth ar gefnau mulod.

Anji oedd wedi mynnu. "Dwi wedi bod isio cael reid ar gefn mul ers pan o'n i'n hogan fach."

"Mae'n iawn pan wyt ti *yn* hogan fach," meddai Meryl, a oedd yn llygadu'r mulod fel tasan nhw'n haid o lewod rheibus. "Ond pan ti'n ddeunaw…"

Yna sylwodd ar yr hogyn a oedd, gyda'i dad, yn gyfrifol am y mulod ac a edrychai i Meryl fel cyfuniad o Ricky Nelson, Elvis, Cliff a James Dean. Roedd o'n gwenu arnyn nhw, wedi sylwi ar eiddgarwch Anji a chyndynrwydd Meryl. Sgubodd ei fraich mewn hanner cylch dros lle safai'r mulod mewn rhes amyneddgar, fel tasa fo'n cynnig aur y byd a'i berlau mân i'r genod.

"Mer – *plis*?"

"O, ôl reit, ôl reit! Swnan gythral…"

Ond y tad gafodd Meryl – dyn boliog, canol oed oedd yn amlwg wedi cael ffrae go hegar efo'i rasal rai dyddiau ynghynt, a het trilbi a phluen goch ynddi'n siglo'n ôl ac ymlaen ar ei ben er gwaethaf holl ymdrechion y gwynt i'w chwythu hi i ffwrdd i'r Eil-o-Man. Oedd llaw chwith y sglyfath wedi brwsio'n erbyn ei bronnau wrth iddo'i helpu ar gefn y mul, a'i law dde wedi cyffwrdd â'i phen ôl? Gwgodd Meryl arno o gefn ei mul, a meddwl iddi weld gwên slei'n hedfan dros ei hen wep hyll wrth iddo gydio yn ffrwynau'r mul a chychwyn i lawr y traeth.

Doedd Anji ddim wedi sylwi, wrth gwrs: roedd hi'n rhy brysur yn mwynhau'i hun. Trodd at Meryl â gwên lydan a dwi ddim yn credu, meddyliodd Meryl, fy mod i wedi gweld hon yn gwenu fel yna erioed o'r blaen. Gwenodd arni'n ôl a throdd Anji i ffwrdd, wedi ymgolli'n lân yn y pleser syml o gael ei chludo dros dywod ar gefn mul.

Sylweddolodd Meryl fod Ricky-Elvis-Cliff-

James yn ei gwylio ac yn gwneud ei orau i ddal ei llygad, a phan edrychodd Meryl arno go iawn, o agos fel hyn, gwelodd nad oedd o mor debyg â hynny i Ricky Nelson a'r lleill wedi'r cwbwl. Os rhywbeth, roedd o wedi etifeddu gwên slei ei dad ac roedd ei lygaid wedi'u hoelio ar ei bronnau wrth iddyn nhw ysgwyd gyda rhythm camau'r mul.

Llathen o'r un brethyn, meddyliodd Meryl wrth dynnu'i chôt ynghau a chau ei botwm canol, a dyna pryd y sylweddolodd fod yr haul wedi diflannu a bod gwynt y môr wedi dechrau dangos ei ddannedd. Daeth y mulod at ddiwedd eu rhan nhw o'r traeth ac ar y ffordd yn ôl, gwrthododd Meryl edrych i gyfeiriad mab yr hen sglyfath, er ei bod hi'n gallu teimlo'i lygaid arni fwy neu lai drwy'r amser. Diolch i Dduw 'mod i wedi gwisgo jîns yn hytrach na sgert, meddyliodd. Dwi'n gwbod rŵan sut roedd Lady Godiva'n teimlo wrth i lygaid Peeping Tom gropian drosti hi fel pryfaid cop.

Llithrodd i lawr oddi ar gefn ei mul cyn i'r tad fedru dod yn agos ati ac roedd hi bron iawn wrth y grisiau a arweinai'n ôl i fyny at y promenâd erbyn i Anji redeg ar ei hôl.

"Doedd hynna'n wych, Mer?"

Roedd ei llygaid yn pefrio fel tasa hi wedi cael reid drwy'r cymylau ar gefn Pegasus, ac roedd yn rhaid i Meryl wenu.

"Ti'n hapus rŵan, felly? Wedi cael dy ful o'r diwadd?"

"Yndw! A gesia be – roedd yr hogyn 'na'n gofyn lle 'dan ni'n aros."

Rhythodd Meryl arni mewn braw.

"Wnest ti ddim deud wrtho fo, gobeithio?"

Llithrodd gwên Anji ryw fymryn.

"Wel... ymm... do. Mae o a'i dad am alw yno amdanon ni heno 'ma, i fynd â ni allan a dangos y dre i ni."

"*Be*? O, Anji!"

"Sori, Mer... ro'n i'n meddwl 'sa chdi wrth dy fodd. Roeddat ti a'r hogyn yna'n sbio ddigon ar eich gilydd."

"Y ddau sglyfath yna?" Teimlai Meryl fel cydio ynddi a'i hysgwyd. "Anji, wyt ti'n *gall*?"

Yna dechreuodd Anji chwerthin.

"*Anji*!"

"Jôc, Mer! Dwi'n rhy gall i hynny, o leia." Edrychodd Anji yn ôl ar hyd y traeth, lle roedd y tad a'r mab yn awr yn tywys eu mulod i ffwrdd. Pan drodd yn ei hôl, roedd ei gwên wedi llithro go iawn. "Dwi wedi gweld digon o betha fel y rheina i bara am oes."

Yna cochodd ychydig a sbio i ffwrdd, fel tasa hi wedi dweud rhywbeth nad oedd hi i fod i'w ddweud. Rhwbiodd ei breichiau wrth i'r gwynt ddechrau poeri glaw mân dros y traeth a'r promenâd.

9

Fu'r glaw mân ddim yn hir cyn troi'n law trwm.

"Basa'n well i ni adael y Marine Lake tan fory," meddai Meryl wrth iddyn nhw frysio ar hyd y promenâd. "Fydd o'n ddim hwyl yn y glaw, ti'm yn meddwl?"

Roedd hi wedi disgwyl dadl, ond nodio wnaeth Anji.

"Lle ma pawb wedi mynd?" meddai.

Roedd y traeth a'r promenâd wedi gwagio'n rhyfeddol, bron fel petai'r glaw yn lludw chwilboeth fel hwnnw a gafodd ei boeri allan o fynydd Vesuvius. Dim ond pobol mewn oed oedd o gwmpas, yn eistedd mewn rhesi'r tu mewn i'r cysgodfannau, yn bwyta brechdanau ac yn yfed te o fflasgiau ac yn edrych ac yn swnio fel tasen nhw wedi dianc o'r snyg yn y Rovers Return yn *Coronation Street*. Dwi'n hanner disgwl gweld Ena Sharples yn ista yn eu canol nhw, meddyliodd Meryl, efo Minnie Caldwell a Martha Longhurst.

"Wn i ddim amdanat ti," meddai Meryl, "ond dwi jest â llwgu. Awn ni am banad i rywla, a rhywbath i'w fyta – os ydi dy stumog di wedi setlo?"

Edrychodd Anji ar y glaw'n sgubo ar hyd y traeth ac yna i fyny ar yr awyr a edrychai'n awr fel powlen anferth o uwd. Nodiodd a gwthiodd Meryl ei braich drwy'i hun hi wrth iddyn nhw frysio ar draws y ffordd at y siopau a'r caffis a sŵn The Shadows ac 'FBI' yn byrlymu allan o'r arcêd ar y gornel.

O leia mi ges i reid ar gefn mul o'r diwedd, meddyliodd Anji.

10

Doedd Anji ddim wedi sylweddoli cymaint o eisiau bwyd oedd arni nes iddi eistedd yn y caffi.

Ond ar ôl yr holl daflu i fyny roedd hi wedi'i wneud, roedd ei stumog bellach yn chwyrnu arni'n gas fel anifail barus a phiwis. Ac yma, yn y caffi, efo arogl bwyd yn llenwi'i ffroenau a synau ffrio'n llenwi'i chlustiau, roedd o fwy neu lai'n cyfarth arni.

Caffi digon cyffredin oedd o, a'r ffenestri wedi stemio drostynt a llieiniau plastig, patrwm siec coch a gwyn ar y byrddau, ynghyd â photeli o finegr ac o sos coch a brown, potiau halen a phupur a phowlenni siwgwr.

"Sosej, wy a tships – jyst y peth," meddai Meryl.

"A finna. Efo bara menyn, ia? A mỳg o de." Yna meddai Anji: "O, sbia – jiwc-bocs!"

Brysiodd ato gan dynnu pisyn chwe cheiniog o'i phwrs ac aeth Meryl i archebu'r bwyd. Roedd yna ddyn yn eistedd ar ei ben ei hun wrth ymyl y jiwc-bocs, a gwgodd dros ei sbectol ar Anji wrth iddi fwydo pres i mewn i'r peiriant. Roedd ganddo lyfr oren-a-gwyn Penguin yn agored ar y bwrdd o'i flaen, ac yn amlwg wedi bod yn mwynhau'r tawelwch a'r llonydd i ddarllen nes i'r genod ddŵad i mewn.

Ond doedd ganddo ddim gobaith caneri: roedd Anji wedi gweld fod 'Sailor' Petula Clark ar y jiwc-bocs. Cafodd ei themtio i'w rhoi hi ymlaen deirgwaith, ond efallai y basa hynny'n mynd dros ben llestri, braidd, penderfynodd. Setlodd am ddwy waith, gydag Elvis fel trydydd dewis.

Roedd hi'n eistedd a'i gwefusau'n symud i eiriau'r gytgan pan ymunodd Meryl â hi.

"Sailor, stop your roaming…"

"Ro'n i'n ama y basat ti'n dewis hon," meddai Meryl. Gwenodd Anji, ond roedd hi'n trio gwrando ar eiriau'r penillion. "Pam wyt ti'n leicio hon gymaint?"

"Dwi jyst yn," atebodd Anji. "Sshh…"

Doedd hi ddim yn gwybod pwy oedd ei thad.

"Sut uffarn wyt ti'n disgwl i mi wbod? Paid â gofyn cwestiyna dwl, wnei di!" arferai ei mam arthio arni.

Ond ar nosweithiau meddw...

"Roedd o'n reit uchal yn yr armi, 'sti. Medals gynno fo, a bob dim. Ond roedd o wedi priodi, jyst bod ei wraig o mewn cadair olwyn. Roedd o wedi gwirioni efo fi, wedi mopio'i ben, ond 'sa fo byth wedi gallu maddau iddo fo'i hun 'sa fo'n ei gadael hi, a hitha fel roedd hi."

Neu...

"American oedd o, un o'r GIs. Cythral celwyddog – roedd o am fynd â fi'n ôl i America efo fo, medda fo, i lefydd fath â San Francisco, El Paso a Santa Fe. Welis i mo lliw ei din o, unwaith roedd o wedi cael be roedd o'i isio..."

Neu...

"Un o'r petha Boys' Brigade oedd o, paid â gofyn i mi pa un. Roeddan nhw'n arfer campio i lawr ym Morfa Bychan, llwythi ohonyn nhw... blydi moch oeddan nhw i gyd."

Faint o dadau sy gen i? arferai'r Anji fechan feddwl. Yn y diwedd, creodd ei thad ei hun – tad a dyfodd yn fwy a mwy real gyda phob *blwyddyn a âi heibio. Llongwr, gyda wyneb caredig bron o'r golwg o dan glamp o locsyn trwchus, du a gwyn; ei lygaid yn las golau ac yn llawn direidi, cap pig ar ei ben a'i ddillad yn ogleuo o faco pibell. Un diwrnod, meddai wrthi ei hun, byddai ei thad yn dychwelyd o'r môr ac yn dod i chwilio amdani a mynd â hi i ffwrdd yn ddigon pell oddi wrth ei mam. Byddai Anji'n edrych ar ei ôl o wedi iddo ymddeol, y ddau ohonyn nhw'n byw efo'i gilydd mewn bwthyn gwyngalch uwchben y môr a'r drws a fframiau'r ffenestri wedi'u peintio'n las...*

"To the harbour of my heart
I will send my love to guide you
As I call across the sea,
Come home to me..." canodd Petula Clark.

"Dwi jyst *yn*," meddai Anji eto wrth i'r gân orffen.

11

Daeth Elvis ymlaen dan ganu 'Wooden Heart'. Ebychodd y darllenwr wrth y bwrdd, cyn codi i'w sefyll gan dynnu'i gôt amdano, gwthio'i lyfr i mewn i'w boced a mynd am y drws. Yno, trodd a gwgu eto ar Anji cyn mynd allan a chau'r drws â chlep biwis.

"Be wnest ti i'r brych yna?" gofynnodd Meryl.

"Rhoi pres yn y jiwc-bocs, a fynta'n trio darllan."

"Tyff! Mewn caffi rydan ni, yndê? Nid mewn llyfrgell."

"Welist ti be oedd o'n ei ddarllan?" meddai Anji.

Ysgydwodd Meryl ei phen dan wenu: roedd hi ar ganol canu efo Elvis.

"And if you say goodbye,
Then I know that I would cry,
Maybe I would die
'Cause I don't have a wooden heart…

Naddo, wnes i'm sbio ar y mwngral. Pam? Be oedd o?"

"Y llyfr budur 'na – *Lady Chatterley's Lover*."

"Cer o 'ma! Sglyfath! Dyna be mae o'n ei gael am ddarllen petha felly – yn enwedig mewn caffi a phobol yn trio byta yma."

"Wyt ti wedi'i ddarllen o?" gofynnodd Anji.

"Naddo! Be ti'n feddwl ydw i?"

Ond roedd Meryl yn ysu'n ddistaw bach am gael mynd i'r afael â'r nofel enwog hon a'i stori danllyd am y berthynas rywiol rhwng y foneddiges Constance Chatterley a chipar o'r enw Mellors. Er iddi gael ei sgwennu'n ôl yn 1928, doedd y nofel ddim ond ar gael i'r cyhoedd ym Mhrydain ers ychydig dros chwe mis. Roedd siop Smith's Port wedi gwerthu bob un copi oedd ganddyn nhw o fewn oriau, a chan fod y siop fwy neu lai dros y ffordd o'r Coparét, bu Meryl a'r genod eraill yn sbecian drwy'r ffenest gan geisio penderfynu pwy o bobol Port oedd â golwg euog, slei ar eu hwynebau wrth adael Smith's.

"Oedd o'n edrach fel tasa fo'n gloff wrth fynd allan?" gofynnodd Meryl.

"Y? Dwn i'm, wnes i'm sylwi. Pam?" meddai Anji.

"Dydi'r llyfr ddim yn fawr o gop, felly," meddai Meryl â gwên ddireidus.

"Be?" Yna, deallodd Anji. "Meryl!"

Roedden nhw'n dal yn giglan fel pethau hurt pan gyrhaeddodd eu bwyd.

Ond pharodd yr hwyl ddim yn hir iawn i Anji, oherwydd tua chwarter awr yn ddiweddarach, daeth Ruth Ellis i mewn i'r caffi.

*

Sylwodd Anji ddim arni i gychwyn. Edrychodd i fyny pan agorwyd y drws i weld dynes a'i chefn ati'n ysgwyd ei hymbarél. Roedd ganddi sgarff am ei phen, ond nid un blastig, dryloyw fel yr un dynnodd Meryl o'i phoced yn gynharach ond un wedi'i wneud o ddefnydd fel gwlân neu gotwm, doedd Anji ddim yn siŵr iawn o'r gwahaniaeth.

Erbyn hynny roedd y genod fwy neu lai wedi gorffen bwyta, ac roedd The Marcels ar y jiwc-bocs yn canu 'Blue Moon', a Meryl yn hymian canu efo nhw. Roedd un darn o fara menyn ar ôl.

"Does neb yn sbio arna i, Anj, yn nac oes?" gofynnodd.

"Be? Pam?"

"Dwi isio sychu'r wy a'r sos efo'r bara 'ma."

Dyna pryd yr edrychodd Anji i fyny a sylwi go iawn ar y ddynes. Roedd hi wedi setlo wrth fwrdd yn y gornel, ac yn digwydd bod yn edrych yn syth ar Anji wrth ddiosg ei sgarff – i ddangos gwallt wedi ei byrmio a'i liwio'n felyn llachar, perocsid.

A phan welodd hi Anji'n edrych arni, gwenodd.

"Anj? Anji…"

Gallai glywed llais Meryl yn dod o bell, bell. Doedd hi ddim yn gallu tynnu'i llygaid oddi ar y ddynes. Ceisiai ddweud wrthi hi'i hun nad Ruth Ellis oedd hi, bod yna bron i chwe mlynedd ers i Ruth Ellis farw…

Ond y hi ydi hi! meddyliodd. A dwi'n gwbod pam ei bod hi yma! Mae hi wedi dŵad yn ôl er mwyn dangos i mi be sy'n mynd i ddigwydd i mi rŵan...

... ac yn ei meddwl gwelodd Anji, unwaith eto, ei mam yn gorwedd ar lawr oer y gegin, a'r gwaed yn llifo'n araf a thew o'i chlust a'i llygaid yn llydan agored ond yn syllu'n ddall i nunlle.

"Anji!"

Cafodd yr argraff fod rhyw gomosiwn yn digwydd, ond amhosib oedd iddi fedru dweud be oedd o'n union oherwydd roedd y caffi'n troi o'i chwmpas fel tasa fo wedi cael ei osod ar ryw feri-go-rownd gwallgof a gwyllt. Cafodd gip ar y llawr yn rhuthro i fyny amdani a meddwl iddi glywed, o bell, sŵn ei mam yn rhochian, rhochian fel mochyn mawr cyn i'r byd droi'n ddu.

EGWYL 2

Ruth

Deuddeg oed oedd Anji ym mis Gorffennaf 1955 pan gafodd Ruth Ellis ei chrogi am saethu ei chariad i farwolaeth.

Gwnaeth yr holl hanes argraff go fawr ar Anji, yn enwedig y crogi. O, roedd hi wedi gweld cowbois drwg yn cael eu crogi mewn ffilmiau yn y Coliseum, ond roedd hynny'n wahanol, yn doedd? Dim ond actio oedden nhw.

Roedd Ruth Ellis wedi cael ei chrogi go iawn, ac roedd yn gas gan Anji feddwl am y peth. Dechreuodd gael breuddwydion cas, cyn i'r crogi ddigwydd hyd yn oed, a fwy nag unwaith ac am fisoedd wedyn, roedd hi wedi hanner deffro yng nghanol y nos i feddwl ei bod hi'n gweld Ruth Ellis yn eistedd ar droed y gwely efo'i chefn ati...

... ac yna'n dechrau troi'n araf i'w hwynebu.

Dyna pryd y byddai Anji'n deffro go iawn, un ai dan grio neu dan weiddi.

Gwnaeth Anji ei gorau i beidio â meddwl am Ruth Ellis, ond roedd hynny'n amhosib. Doedd ganddyn nhw ddim teledu yn y dyddiau hynny, ond roedd y papurau newydd i gyd yn llawn o'r hanes.

Ac roedd ei mam wedi dilyn yr achos yn eiddgar iawn, reit o'r cychwyn cyntaf. Bron fel tasa hi'n cael rhyw bleser afiach o'r holl beth.

"'Mond blwyddyn yn hŷn na fi ydi hi," dywedodd Brenda droeon. "Blydi dynion... Wn i ddim faint o weithia dwi wedi deud 'Tasa gin i wn mi faswn i'n saethu'r diawl...' Isio'u saethu nhw i gyd, y blydi lot ohonyn nhw..." – a gwgu ar Anji bob tro.

Yna daeth yr achos llys i ben, a phan gyhoeddwyd y ddedfryd yn y papurau newydd, dywedodd Brenda Evans, "Tybad sut deimlad ydi gweld y blydi judge *yn gosod yr hen gap bach du yna ar ei ben?" Roedd hi fel tasa hi'n siarad efo hi'i hun. "Sgwn i ddaru hi wlychu'i hun?"*

Roedd hi wedi sbio dros ben y papur newydd

– oedd â llun mawr o Ruth Ellis ar y dudalen flaen, y hi â'i gwallt wedi'i liwio'n felyn llachar ond wrth gwrs roedd o'n wyn fel wadin yn y llun – a dal Anji'n rhythu arni, Roedd geiriau ei mam yn amlwg wedi troi ei stumog.

"Paid ti â sbio arna i fel 'na, y bitsh fach bowld i ti!" Gwyrodd ymlaen efo'r hen wên sbeitlyd honno ar ei hwyneb. "Hei… falla mai dyna fydd dy hanes di rhyw ddiwrnod – llenwi dy nicyrs wrth watshiad y judge yn rhoi'r cap yna ar ei ben. Synnwn i ddim, y ffordd rwyt ti'n bihafio. Ond na… erbyn meddwl, mi fydd y Mochyn Mawr wedi dy hen gael di cyn hynny."

Oedd, er yn ddeuddeg oed, roedd Anji'n dal i gael ei llusgo i mewn i'r cwpwrdd dan grisiau ac roedd synau'r Mochyn Mawr yn dal i godi'r ofn mwyaf ofnadwy arni. Erbyn hynny roedd hi wedi dechrau sylweddoli nad oedd yno fochyn go iawn ac mai ei mam oedd yno'n ei ddynwared drwy'r amser.

Ond unwaith mae ofn wedi cael ei blannu – a'i blannu'n gadarn – gall flodeuo a dwyn ffrwyth am flynyddoedd lawer, weithiau am oes. A rywsut, roedd y darlun oedd gan Anji *o'i mam yno ar ei phedwar y tu allan i'r twll dan grisiau, yn chwyrnu ac yn rhochian ac yn twlcio'r drws efo'i thalcen, bron iawn yn fwy hunllefus na'r un a fu ganddi ers blynyddoedd o anghenfil o faedd gwyllt mawr, blewog.*

Chysgodd Anji'r un winc y noson cyn iddyn nhw grogi Ruth Ellis. Ar flaen Daily Mirror *ei mam y bore hwnnw, mewn llythrennau mawr, roedd y geiriau,*

NO REPRIEVE
RUTH ELLIS TO HANG TOMORROW

"Tybed sut siâp sy arni erbyn hyn?" meddai Brenda. "Ydi'r amser yn llusgo iddi? Na, go brin – fel arall mae amser, yndê, pan fydd yn gas gin ti weld rhywbath yn cyrraedd. Mae o'n gwibio heibio. Mae pob un awr yn teimlo fel munud. Fel pan ti'n gorfod mynd at y dentist."

Methai Anji ag edrych ar ei mam. Er mor ifanc yr oedd hi, ac er mor annifyr oedd gorfod eistedd yng nghadair y deintydd, gwyddai'n iawn fod byd o wahaniaeth rhwng hynny a chael eich crogi.

Ond roedd gwaeth i ddod.

"Mi fydd yn rhaid iddi wisgo nicyrs sbesial, sti."

"Be?"

"Rhai cynfas, trwchus. Ar ôl crogi Edith Thompson, mi ffeindion nhw wedyn bod ei nicyrs hi'n llawn gwaed…"

"Naaaa! Peidiwch!"

Roedd Anji wedi gwasgu'i dwylo'n dynn dros ei chlustiau, ond cydiodd ei mam yn ei garddyrnau a thynnu'i dwylo i lawr a gwthio'i hwyneb reit at wyneb Anji nes bod eu trwynau nhw fwy neu lai'n cyffwrdd â'i gilydd fel yr arferai wneud wrth frefu arni fel buwch.

"Roedd rhywbath wedi rhwygo'r tu mewn iddi pan a'th hi i lawr trwy'r trap-dôr… na, paid ti â throi dy ben i ffwrdd a chau dy llygada arna i, madam, a minna'n trio dysgu rhywbath i chdi!"

Cafodd Anji glusten nes bod ei phen yn tincian. Gallai deimlo poer ei mam fel glaw mân poeth ar ei hwyneb wrth i Brenda siarad.

"… a byth ers crogi Edith Thompson mae merched sy'n cael eu crogi wedi gorfod gwisgo'r nicyrs trymion rheini, a dyna be fydd gan Ruth Ellis amdani bore fory am naw o'r gloch. Naw o'r gloch, ar ei ben! Felly pan fyddi di'n canu *emyn yn y gwasanaeth yn yr ysgol am naw o'r gloch fory, cofia be fydd yn digwydd y tu mewn i'r jêl yna yn Llundain!"*

12

"Sut wyt ti'n teimlo rŵan?" gofynnodd Meryl.

Roedd y ddwy'n eistedd ar fainc bren y tu mewn i gysgodfan ar y promenâd. Pan gyrhaeddon nhw yma, roedd Anji wedi sefyll gyda'i chluniau'n erbyn y rheiliau ar ochr y promenâd, ei dwylo'n gwasgu'r bar uchaf a'i phen wedi'i ddal i fyny ac yn ôl er mwyn i wynt y môr fedru poeri'n hallt dros ei hwyneb.

O'r diwedd, trodd a dod i mewn i'r gysgodfan.

"Yn well, diolch," meddai. "Lot gwell."

"Rwyt ti wedi cael dy liw'n ôl, beth bynnag. Argol, Anji! Welis i neb yn troi mor wyn, mor sydyn. Fel tasa Draciwla wedi sugno pob dropyn o waed ohonot ti." Brwsiodd Meryl gudyn o wallt tywyll Anji oddi ar ei thalcen. "Mi godist ti i sefyll ac yna i lawr â chdi, fel tasa rhywun wedi torri dy draed i ffwrdd. Roedd yn wyrth nad est ti â'r bwrdd i lawr efo chdi. Yn union fel wnest ti yn ystod Asembli yn yr ysgol pan oeddan ni yn Fform Wan, ti'n cofio?"

O, oedd, roedd hi'n cofio hynny'n ardderchog, diolch yn fawr iawn. Yn cofio'r achlysur, a'r diwrnod, a'r dyddiad a'r amser, a hyd yn oed yr emyn roedden nhw ar ganol ei chanu – 'Arglwydd mawr, y nef a'r ddaear, Ffynnon golud pawb o hyd...' – ond doedd hi ddim am ddweud hynny wrth Meryl.

Bu'r ddwy'n dawel am ychydig.

Yna mentrodd Meryl ofyn, "Be oedd yn bod, Anj? Un funud roeddat ti'n tsiampion, ond y funud nesa... wham!"

Nodiodd Anji. "Wn i."

"Be, felly? Mi ddychrynaist ti bawb yn y caffi – yn enwedig y ddynas druan honno."

Gwenodd Anji ychydig yn sarrug. "Roedd *hi* wedi dychryn?"

"Wel, oedd. Roedd hi'n poeni amdanat ti. 'What the 'eck 'ave ah doon to your friend, chook? She were looking at me lahk she'd seen a ghost' – dyna be ddeudodd hi. Roedd hi'n iawn hefyd, Anj – dyna'n union sut roeddat ti'n syllu ar y greaduras."

"Ia, wel – dyna'r peth yndê, Mer. Ro'n i'n meddwl am funud fy mod i."

"Be?" Chwarddodd Meryl. "Argol fawr, Anji! Caffi oedd o, nid *haunted house*! Atgoffa fi i beidio gadael i chdi fynd ar y *ghost train* yn y Marine Lake fory."

Sylweddolodd nad oedd gwên yn agos at wyneb Anji. Pwniodd Meryl hi'n ysgafn.

"Hei, ty'd yn dy flaen, 'nei di'r gloman? Doedd y ddynas druan ddim mewn unrhyw beryg o ennill Miss World, dwi'n gwbod, ond doedd hi ddim mor uffernol â hynny."

"Ro'n i'n meddwl mai Ruth Ellis oedd hi, ocê?"

"Pwy?" Yna cofiodd Meryl. "O... honno gafodd ei... ysti?"

Nodiodd Anji. "Ro'n i'n gweld wedyn, ar ôl dŵad ataf fy hun, nad oedd hi'n ddim byd tebyg iddi, ddim go iawn. Jyst... ei gwallt hi."

"Perocsid blond," meddai Meryl.

"Ia. Ac roedd y ddynas yna'n ddigon hen i fod yn fam i Ruth Ellis, yn doedd? Ond am funud... 'swn i wedi gallu taeru..."

... mai Ruth Ellis oedd hi, a'i bod hi wedi dŵad yn ôl er mwyn dangos i mi be sy'n mynd i ddigwydd i mi rŵan. Y gwallt, dyna be oedd. Y gwallt melyn, perocsid hwnnw, wedi'i byrmio. Ac roedd yna rywbeth am siâp ei hwyneb hi, a'r ffordd roedd hi wedi gwenu arna i.

Fel tasa hi'n gwbod.

Ysgydwodd Anji'i phen yn ffyrnig. "Wn i, wn i – stiwpid!" Ceisiodd wenu. "Dydi ysbrydion ddim yn galw i mewn i gaffis am banad a sgonsan, yn nac 'dyn?"

"Ddim hyd y gwn i," meddai Meryl.

"Y peth ydi, ti'n gweld – fan hyn y cafodd Ruth Ellis ei geni," meddai Anji.

"Y? *Yma?*"

Edrychodd Meryl o gwmpas y gysgodfan fel petai hi'n disgwyl gweld plac ar y wal yn dweud 'Ruth Ellis Was Born In This Very Shelter'.

"Yn y Rhyl, ia. Mae'n siŵr fy mod i wedi

70

cofio hynny'n sydyn... am ryw reswm... ac mai dyna pam... y meddyliais i am eiliad mai'r ddynas druan honno oedd hi."

Gallai deimlo llygaid Meryl arni, ond gwrthododd edrych yn ôl arni. Oedd Meryl yn ei choelio? Wel, doedd ganddi fawr o ddewis, doedd Anji ddim am ddweud rhagor wrthi.

Ac yn sicr doedd hi ddim am ddweud ei bod hi wedi llewygu yn ystod gwasanaeth boreol yr ysgol am naw o'r gloch ar ddydd Mercher y trydydd ar ddeg o Orffennaf, 1955 – sef yr union amser i Ruth Ellis syrthio drwy ddrysau'r trap-dôr yng ngharchar Holloway yn Llundain.

Cododd yn gyflym a throi at Meryl. "Reit! Ty'd, Mer. Dwi'n teimlo'n iawn rŵan. Be wyt ti isio'i neud?"

Edrychodd Meryl heibio iddi, allan o'r gysgodfan. Roedd y glaw yn dal i sgubo dros y traeth, ac roedd hi'n dechrau tywyllu.

"Be sy 'na i'w neud ar noson wlyb yn y Rhyl?"

Edrychodd Anji arni.

"Wel...'run peth â sy 'na i'w neud yn Port, decini. Mynd i'r pictiwrs a cha'l bag o jips ar y ffordd adra."

13

Un gwael oedd Meical drws nesa am godi yn ystod yr wythnos, ond ar foreau Sadwrn braf – fel heddiw – roedd o i fyny cyn cŵn Caer ac allan yn chwarae yn yr ardd gefn.

Dyna lle'r oedd o rŵan – ond doedd o ddim yn chwarae. Yn hytrach, safai wrth y clawdd yn syllu ar y tŷ drws nesaf.

Be wna i? meddyliodd. Roedd o wedi cael ei siarsio droeon i beidio â dringo dros ben y clawdd i ardd gefn Brenda Evans.

"Mae Anji'n siŵr o luchio dy bêl di'n ôl yn hwyr neu'n hwyrach," meddai ei rieni wrtho. "Dwyt ti ddim isio i'r anifail o ddynes yna sgrechian arnat ti eto, yn nac wyt?"

Nac oedd, wir. Roedd Brenda Evans wedi codi'r ofn mwyaf ofnadwy arno pan welodd hi Meical yn ei gardd – gardd, wir! – drwy sgrechian rhegfeydd arno, a phan aeth ei dad a'i fam yno i gwyno, cawsant hwythau ragor o'r un croeso.

"Chlywais i mo'r ffasiwn araith pan o'n i yn yr armi, hyd yn oed," meddai tad Meical. "Eff-ing hyn ac eff-ing llall…"

Ond, ben bore heddiw, roedd ei bêl newydd sbon wedi hedfan dros y clawdd fel tasa hi wedi troi'n aderyn – ac i wneud pethau'n waeth, roedd hi wedi glanio'n union dan ffenest cegin Brenda'r Bwystfil, fel y cafodd ei bedyddio gan rieni Meical.

Oedd Anji o gwmpas? Sbeciodd Meical dros y clawdd. Roedd golau ymlaen yn y gegin ond roedd o yno neithiwr hefyd, a thrwy'r dydd ddoe. Yna cofiodd fod ei fam wedi galw yn y Coparét ddoe ac wedi clywed rhywun yn dweud bod Anji wedi mynd i ffwrdd efo'r hogan arall honno oedd yn gweithio yno efo hi, Eryl-neu-Beryl-neu-Meryl-neu-Cheryl-neu-rywbeth.

"Damia!"

Edrychodd yn euog i gyfeiriad ei gegin o'i hun: na, doedd ei fam ddim o gwmpas. Dringodd i ben y clawdd. Edrychai'r bêl yn bryfoclyd o agos, yno reit o dan ffenest cegin Brenda'r Bwystfil, bron fel tasa hi'n ei herio i fynd yno i'w nôl hi – "Ty'd, os wyt ti'n ddigon o foi!"

Cyfrodd i dri a neidio i lawr i ardd Brenda. Disgwyliai ei gweld hi'n codi i fyny yn y ffenest unrhyw funud, fel y Loch Ness Monster yn codi o ddyfnderoedd y llyn.

Gan sibrwd gweddi fach dawel, daer, gwibiodd Meical at y ffenest a gwyro am ei bêl.

Ond mae'n amhosib bod wrth ymyl ffenest sydd â'r golau ymlaen yr ochr arall, a pheidio edrych i mewn drwyddi, yn dydi?

Eiliadau wedyn, roedd Meical yn ei ôl dros y clawdd ac yn galw am ei rieni ar dop ei lais.

14

"Heno 'ma," poerodd Meryl wrth lanhau'i dannedd, "rydan ni'n mynd i ddawnsio."

Roedd y genod hefyd wedi codi'n weddol gynnar heddiw, a throdd Meryl ac edrych ar Anji, a oedd yn eistedd i fyny yn y bath ac yn hymian canu 'Sailor' eto. Nefoedd, mae hon yn dena! meddyliodd Meryl. Roedd Anji'n eistedd a'i breichiau wedi'u lapio am ei choesau a'i gên yn gorffwys ar ei phengliniau, a gallai Meryl fod wedi cyfri ei hasennau a'r esgyrn a redai i fyny ei chefn petai hi'n dewis gwneud hynny. A doedd ganddi nemor ddim bronnau.

Oedd hi'n eistedd fel yna oherwydd ei bod hi'n swil, neu er mwyn cuddio cleisiau? Doedd hi ddim yn swil wrth fy ngwylio i'n tynnu amdanaf neithiwr, beth bynnag, cofiai Meryl.

"Dwi'n edrych fel plentyn wrth d'ochor di," ochneidiodd Anji wrth edmygu corff a bronnau llawn Meryl, ac roedd yn rhaid i Meryl gyfaddef fod hynny'n wir – yn enwedig o'i gweld hi rŵan, yn y bath.

"O... reit! Grêt. Lle 'dan ni'n mynd?" gofynnodd Anji.

"Sylwis i ddoe fod 'na ddawns ymlaen yn y Pafiliwn. Maen nhw'n cael grwpia go iawn yno'n chwarae. Proffesiynals, Anj. O Lundain a Lerpwl a Manceinion. The Tremeloes sy 'na heno. Iawn efo chdi?"

Nodiodd Anji'n eiddgar.

"Dim *werewolves* heno, felly?"

"Paid!"

Y ffilm welson nhw neithiwr oedd y ddiweddaraf gan stiwdios Hammer, *Curse of the Werewolf*; roedd Anji wedi mwynhau pob eiliad ohoni, ond roedd Meryl yn dyheu am gael ymguddio yn ei chwrcwd ar y llawr rhwng y seddi yn ystod sawl golygfa.

"Chest ti ddim breuddwydion cas, Mer?" tynnodd Anji arni.

Rhinsiodd Meryl ei cheg cyn ateb. "Naddo, drwy wyrth. Ond mi ges i fy neffro yng nghanol y nos gan ryw syna digon od, os ga i fod mor hy â deud."

"Be!"

"*Rhywun* yn chwyrnu fel dwn i ddim be. Roedd y person yn dal wrthi bora 'ma pan es i am fy math."

"Fi?"

"Wel, doedd neb arall yn y stafall, yn nac oedd? Er," meddai Meryl wrth droi am y drws, "mi faswn i wedi gallu taeru ar un adeg fod 'na hwch anferth yno efo ni. Chlywis i rioed neb yn gwneud y ffasiwn sŵn rhochian wrth gysgu. Brysia rŵan, Anj, mae gynnon ni ddiwrnod llawn o'n blaena, ac mae ogla'r bacwn mae No Boys wrthi'n ei ffrio yn fy ngyrru i'n boncyrs."

Rhochian? meddyliodd Anji gan deimlo rhywbeth tebyg iawn i sgrech wallgof yn ceisio'i gorau glas i ffrwydro i fyny ei gwddf ac allan drwy'i cheg.

Rhochian?

Ysgydwodd Anji ei phen yn ffyrnig.

Na! Y fi oedd yn gwneud y sŵn, debyg iawn, meddyliodd – a dim rhyfedd, efo Mam ar fy meddwl i drwy'r amser.

Teimlai ei phen yn ysgafn mwyaf sydyn, fel

petai hi am lewygu. Gwyrodd yn ei blaen a rhedeg y tap dŵr oer gan daflu peth dros ei hwyneb, droeon, nes i'r hen chwiban annifyr honno ddiflannu o'i phen.

Dwi ddim isio meddwl amdani hi! meddai wrthi'i hun.

Ac yn sicr, doedd arni ddim eisiau gorfod meddwl am fynd yn ôl adref yfory.

Ond mi fydd raid i ti, Anji fach. Sgen ti ddim dewis ond mynd. A be sy'n dy ddisgwyl di yno? Ar lawr y gegin – yn drewi'n waeth nag erioed erbyn i ti gyrraedd yn ôl?

Os na fydd rhywun wedi dŵad o hyd iddi hi cyn hynny, yndê? Os felly, y plismyn fydd yno'n aros amdanat ti.

Neu mi fyddan nhw'n dŵad yma, i d'arestio di.

Ac ar ôl hynny...

Llanwyd ei phen â llais ei mam yn dweud, "Hei... falla mai dyna fydd dy hanes di rhyw ddiwrno – llenwi dy nicyrs wrth watshiad y judge *yn rhoi'r cap yna ar ei ben.*"

"Na..." sibrydodd Anji. "Na... gadwch lonydd i mi..."

Gwasgodd ei llygaid ynghau yn dynn. Ceisiodd feddwl am yr holl bethau cas roedd ei mam wedi'u gwneud iddi dros y blynyddoedd, ond am ryw reswm gwallgof roedd ei hymennydd yn mynnu ei hatgoffa am y tro olaf iddi deimlo fel cwtsio Brenda.

Flynyddoedd yn ôl, bellach, yn y dyddiau pan arferai ei mam gael 'fusutors' o bryd i'w gilydd.

Dynion, bob un.

O ryw fath.

Ond gyda Brenda'n tyfu'n fwy ac yn fwy, roedd llai a llai o'r fusutors yn galw yno. A llai fyth yn aros dros nos. Cofiai Anji fod yr olaf i wneud hynny'n ddyn go dew efo mwstásh bach tila a wnâi iddo fo edrych fel yr un tew o Laurel and Hardy – ond fod wyneb hwn ddim hanner, ddim *chwarter*, cyn gleniad ag wyneb y bôi Laurel and Hardy. Cafodd Anji gip arno fo'n mynd i'r tŷ bach, a'i glywed o'n piso fel ceffyl ac yn rhechu fel tractor Massey Ferguson ar yr un pryd.

Dychwelodd y fusutor i ystafell wely Brenda, ac wrth i Anji frysio heibio i'r drws ar ei ffordd i lawr y grisiau, gallai glywed synau griddfan yn dod trwyddo, a sbringiau'r gwely'n gwichian.

Roedd ei mam wedi dod i lawr i'r gegin ymhen rhyw chwarter awr yn ei *negligée* a'i gŵn nos, a'i gwallt yn gaglau i gyd. Roedd dau fyg ganddi yn ei dwylo ac edrychai ei chroen, cofiai Anji, yn wyn, wyn yng ngoleuni llwyd y gegin, heblaw am ddau batshyn coch – un ar ei gwddf a'r llall o gwmpas ei chlîfej. Llenwodd y tecell a pharatoi dwy baned – un iddi hi ac un i'r crîp – heb hyd yn oed sbio ar Anji, heb sôn am gynnig gwneud un iddi hithau hefyd.

Yn lle hynny, roedd hi wedi sefyll yn y ffenest wrth ddisgwyl i'r tecell orffen ochneidio, yn syllu allan ar y glaw (oedd, roedd hi'n stido bwrw'r diwrnod hwnnw eto fyth) a'r ardd flêr, ond yn gweld rhywle llawer iawn harddach yn ei meddwl.

Yna roedd y tecell wedi'i ddiffodd ei hun gan chwalu pa bynnag lun neis oedd gan ei mam yn ei meddwl a gwneud iddi sylweddoli lle roedd hi mewn gwirionedd – adref yn ei chegin, yn gwylio'r glaw yn bowndian dros anialwch yr ardd gefn.

Dechreuodd Brenda wneud tôst. Doedd dim llawer o stumog gan Anji: roedd ogla'r tships a rannodd ei mam a'r crîp neithiwr yn dal i hongian fel cwmwl tew drwy'r tŷ. Roedd y sbarion wedi cael eu stwffio'n un slwj melyn-a-brown i mewn i'r bìn pedal, ond gan fod hwnnw'n llawn dop yn barod, roedd ei gaead wedi gwrthod cau ac edrychai'r bìn fel ceg agored a oedd wedi cael *lock jaw* ar ganol bwyta.

Yna clywodd y ddwy sŵn traed ar y grisiau. Ond yn lle dŵad am y gegin, aeth y traed yn eu blaenau am y drws ffrynt. Daeth sŵn y drws yn cael ei agor, ac yna'i gau – ddim yn swnllyd, ddim gyda chlep nag unrhyw beth felly, ond roedd yr effaith fel tasa rhywun wedi tanio gwn dwy faril yn y tŷ.

Roedd fel petai'r waliau i gyd yn dal eu gwynt.

Edrychodd Anji ar Brenda. Roedd hi'n sefyll yno'n stond fel rhywun oedd wedi cael ei rhewi, ei chyllell yn gorffwys ar ei thôst a'r menyn yn toddi i mewn i'r bara.

Roedd hi'n hollol lonydd – heblaw am y dagrau a bowliai i lawr ei bochau.

A dyna'r tro diwethaf i Anji deimlo fel cwtshio'i mam.

Yn raddol, sylweddolodd fod dŵr y bath wedi dechrau oeri a'i bod hi'n eistedd ynddo yn ei chwtshio'i hun.

Yn dynn, dynn, ac yn gweddïo am allu anghofio am yfory.

Basa'n dda gen i pe na byddai yfory o gwbwl.

Byth, byth yfory, byth eto.

15

Wrth gwrs, y peth cyntaf a ruthrodd i feddwl mam Meryl, pan atebodd hi'r drws i weld y sarjant a phlismones ifanc yn sefyll yno, oedd bod rhywbeth wedi digwydd i Meryl. Trodd ei choesau'n ddarnau o glai wrth i'r lliw lifo o'i hwyneb.

Brysiodd yr heddlu i dawelu ei meddwl. Hyd y gwydden nhw, roedd Meryl yn tsiampion.

"Angan cael gafael ar ei ffrind hi ydan ni. Angela, ia? Angela Evans."

"Anji? Pam – be sy, felly?"

"Mae gynnon ni newyddion go ddrwg iddi, mae arna i ofn."

Deallodd mam Meryl fod yr heddlu, ar ôl cael galwad oddi wrth y cymdogion, wedi dod o hyd i Brenda Evans yn farw ar lawr ei chegin.

"Brenin mawr!"

"Bore ddoe ddigwyddodd o, yn ôl y doctor."

"Sut?" gofynnodd mam Brenda.

"Trawiad ar y galon, yn ôl fel dwi'n dallt. Felly mae'n edrych, beth bynnag," atebodd y sarjant. "Wrth gwrs, bydd rhaid cynnal *post mortem*, ond… wel, dwi ddim yn credu bod yna fawr o amheuaeth." Meddwl oedd y sarjant am wefusau gleision Brenda Evans, arwydd pendant o drawiad ar y galon. "Yn ôl y doctor, mae'n wyrth na ddigwyddodd hyn flynyddoedd yn ôl. Be oedd ei eiria fo, Rhian?" meddai wrth y blismones.

"*A heart attack waiting to happen*," atebodd hi. "Roedd hi'n ddynas mor… mor fawr, a doedd hi ddim wedi edrych ar ôl ei hun o gwbwl. Mae'n bwysig, felly, ein bod ni'n cael gafael ar Angela cyn gynted â phosib. Rydan ni'n dallt ei bod hi wedi mynd i ffwrdd efo'ch merch chi?"

Nodiodd mam Meryl. "Ben bore ddoe. I'r Rhyl." Cododd ar ei thraed. "Mae'r cyfeiriad gen i trwodd yn y gegin…"

Dychwelodd efo darn o bapur a'i roi iddyn nhw.

"Pancho's Villa?" meddai'r blismones dan wenu.

"Dwi'n gwbod, dwi'n gwbod – dydi o'n ofnadwy? Be fydd yn digwydd rŵan? Dydach chi ddim am ffonio Anji, gobeithio?"

"Na, na. Mi gysylltwn ni efo'r swyddfa yn Rhyl, ac mi anfonan nhw rywun draw yno i dorri'r newyddion iddi. Wn i," meddai'r blismones wrth weld yr olwg feddylgar ar wyneb mam Meryl, "hen job gas ydi gorfod torri hen newyddion fel hyn."

Efallai ei bod hi'n dasg annifyr, meddyliodd mam Meryl wrth gau'r drws ar ôl yr heddlu, ond dwi ddim yn meddwl, rywsut, y bydd yr Anji fechan yna'n galaru'n ormodol.

16

"Wyt ti wedi cael digon rŵan?" gofynnodd Meryl. "Plis deud dy fod di."

Roedden nhw'n eistedd ar fainc y tu allan i'r Pafiliwn, ill dwy â'u llygaid ynghau ac yn mwynhau'r haul. Teimlai glaw ddoe fel petai o wedi syrthio fisoedd yn ôl.

Gwenodd Anji. Nac oedd, doedd hi ddim wedi cael digon, a phetai ganddi'r egni – a'r pres – buasai'n mynd yn ôl i'r Marine Lake a gwneud y cyfan eto.

Felly'r cwbwl a ddywedodd yn ôl oedd, "Am y tro." Agorodd ei llygaid a sbio o'i chwmpas. Roedd y llanw i mewn a'r traeth yn brysur.

"Cofia bod gynnon ni heno eto i ddŵad," meddai Meryl a'i llygaid yn dal ynghau. Roedd ei llais yn swrth a gwyddai'n iawn, petai hi'n lybeindian ar un o'r cadeiriau cynfas ar y traeth, y byddai hi'n cysgu'n sownd ymhen eiliadau.

Ond nid felly Anji. Doedd arni hi ddim eisiau gweld heno'n dŵad, oherwydd gwyddai y byddai'n gwibio heibio: *"Tybed sut siâp sy arni erbyn hyn? Ydi'r amser yn llusgo iddi? Na, go brin – fel arall mae amser, yndê, pan fydd yn gas gin ti weld rhywbath yn cyrraedd. Mae o'n gwibio heibio. Mae pob un awr yn teimlo fel munud..."* – ac y byddai wedi troi'n yfory cyn i Anji droi rownd. A doedd arni ddim eisiau meddwl am yfory...

... ond, wrth gwrs, roedd geiriau diog, diniwed Meryl wedi gwneud iddi feddwl am heno ac felly am yfory, a theimlai unwaith eto'r hen bigyn annifyr hwnnw yn ei stumog, hwnnw a gâi bob tro y byddai hi'n cofio bod yfory'n carlamu'n nes ac yn nes drwy'r amser.

Cododd oddi ar y fainc.

"Dwi jyst yn mynd am dro bach ar hyd y prom, Mer, iawn? Be taswn i'n dŵad â chornet yr un i ni?"

"Mmmm... lyfli...."

Teimlai'n rhyfeddol o ysgafn, rywsut, wrth gerdded ar hyd y promenâd, heibio i'r pwll

padlo swnllyd a oedd yn llawn dop o blant, ac
am eiliad roedd fel petai ei holl fywyd gartref
efo'i mam, a'i hofn ohoni, wedi digwydd
i rywun arall, i rywun mewn ffilm. Safodd
am ychydig a gwên fechan ar ei hwyneb, yn
gwylio'r gwahanol bobol ar y traeth ac fel
y dawnsiai'r heulwen ar y tonnau, cyn troi
i ffwrdd a mynd yn ei blaen nes iddi ddod
at fan yn gwerthu hufen iâ. Talodd am ddau
gorned a throi'n ei hôl. Gwell i mi frysio,
meddyliodd, neu mi fydd y rhain wedi toddi
dros fy nwylo. Yn ôl â hi heibio i'r pwll padlo
a gallai weld y fainc rŵan lle'r oedd Meryl yn
dal i aros amdani…

… ond roedd Meryl yn eistedd i fyny rŵan
ac yn siarad efo rhywun. Rhywun cyfarwydd,
yn gwyro dros Meryl… dynes…

Yna, gwelodd Meryl Anji'n nesáu, a
chododd i'w sefyll gan bwyntio tuag ati.
Ymsythodd y ddynes a throi.

No Boys.

Ac roedd plismon a phlismones efo hi, ac
roedd y pedwar ohonyn nhw'n syllu ar Anji.
Dywedodd y blismones rywbeth wrth Meryl

a No Boys cyn cychwyn i gyfeiriad Anji efo'r plismon, a llygaid y ddau wedi'u hoelio arni hi...

Gollyngodd Anji'r ddau hufen iâ, a throi a dechrau rhedeg, a welodd hi mo'r bws o gwbwl na chlywed y gweiddi o'i chwmpas na Meryl yn sgrechian "Anji!" ar dop ei llais...

... a welodd gyrrwr y bws mohoni tan yr eiliad olaf ond wrth gwrs dydi eiliad yn ddim o amser, yn nac ydi?

Yn ddim o gwbwl.

Clywodd Meryl sgrechian ofer ac aflafar breciau'r bws a'r ergyd ofnadwy.

"Anji..." meddai yn ei meddwl. "Anji..." – ond ddaeth yr un smic drwy ei gwefusau.

Daeth eiliadau hir o dawelwch llethol nes dechreuodd synau'r dref glan-y-môr ddychwelyd i'w chlyw yn betrusgar, fel tasen nhw'n ansicr o'u croeso – lleisiau plant o'r traeth ac o'r pwll padlo, ambell wylan yn cwyno wrth hedfan heibio, a llais Petula Clark yn canu 'Sailor' y tu mewn i'r arcêd wrth i ddau hufen iâ doddi dros y palmant.

AL

MANON STEFFAN ROS

NOFEL YSGYTWOL AM GYFEILLGARWCH

LLANAST

GWEN LASARUS

NOFEL GELFYDD AM LWYBRAU DAU'N CWRDD

CLEC AMDANI
ESYLLT MAELOR

STORI AM JOSH YN CAEL EI WTHIO I'R EITHAF

NI'N DAU
CERI ELEN

STORI EMOSIYNOL AM FACHGEN A MERCH

Cyfres o 5 drama Cyfres Copa
£2.95 yr un

GWŶL!
PETER DAVIES

DRAMA AM GYFEILLGARWCH
SY'N CAEL EI WTHIO I'R EITHAF

GWASTRAFF
CATRIN JONES HUGHES

DRAMA GALED, YN LLAWN DIRGELWCH

HAP A...
RHIAN STAPLES

DRAMA GIGNOETH, DIWEDDGLO TRASIG

Am restr gyflawn o lyfrau'r Lolfa, mynnwch
gopi am ddim o'n catalog
neu hwyliwch i mewn i'n gwefan

www.ylolfa.com

lle gallwch archebu llyfrau ar-lein.

TALYBONT CEREDIGION CYMRU SY24 5HE
ebost ylolfa@ylolfa.com
gwefan www.ylolfa.com
ffôn 01970 832 304
ffacs 832 782